はじめてよむ
こわ〜い話

ねらわれたにちようび

作 三枝理恵
絵 鈴木アツコ

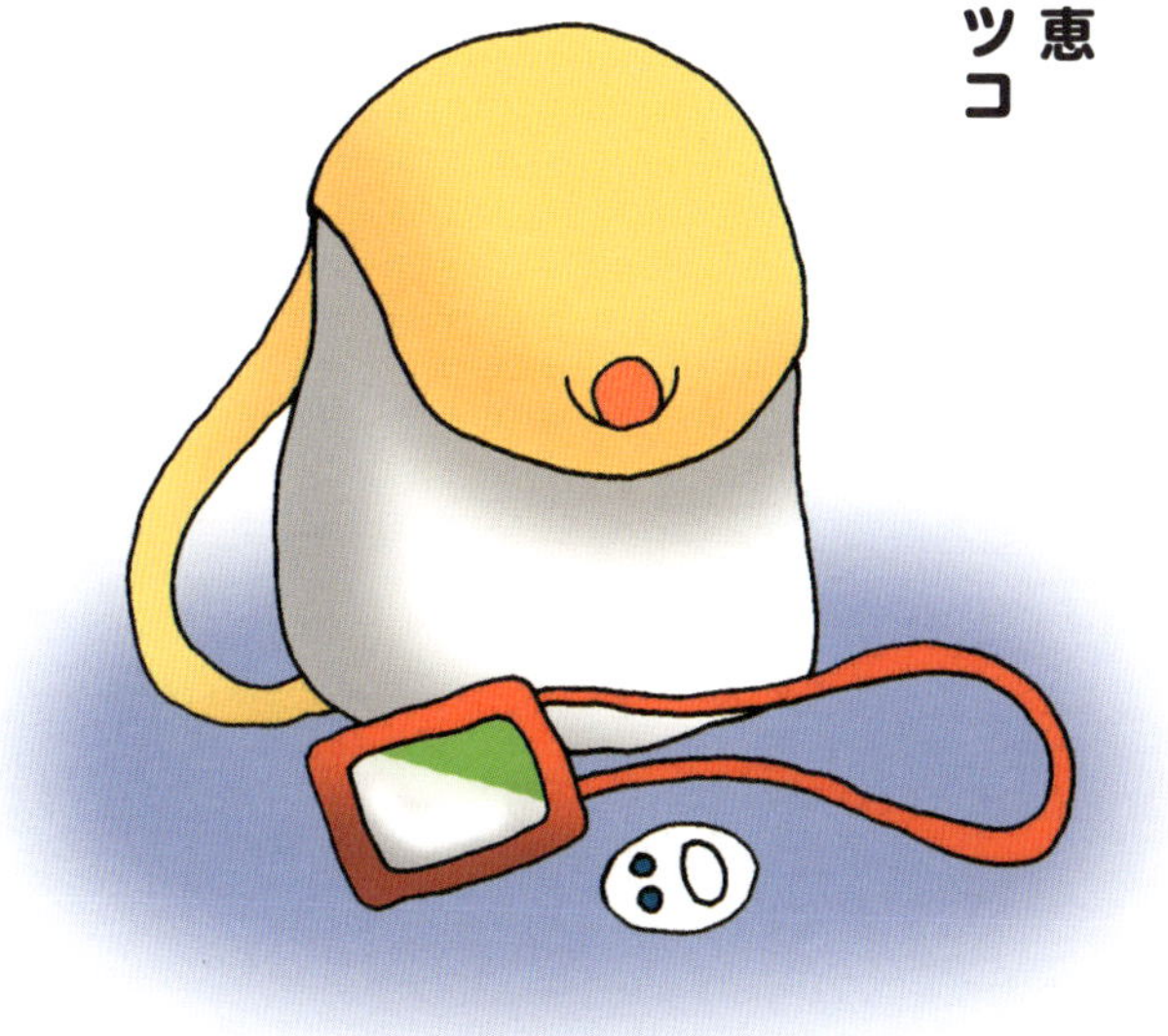

岩崎書店

「いってきまーす」

ケンは、げんきよく　あるきだしました。

「でんしゃを　まちがえるなよ」

「おしえたとおりの　みちを　とおってね」

おとうさん、おかあさんが、みおくります。

くびにかけた　パスケースには、でんしゃに
のるための　カードが　はいっています。

ズボンの　ベルトには　ぼうはんブザー。

ケンは、はじめて、ひとりで
おじいちゃんの　うちへ　いきます。
きょうは、おじいちゃんの　たんじょうび。
おとうさんが、きのう、いいました。

「ケン、ひとりで、おじいちゃんのうちに
いってみないか。おじいちゃん、きっと
すごく　びっくりして、おおよろこびするぞ」

ケンは、ひとりで　でかけるのが、
にがてです。一ねんせいに　なって、
ずいぶん　たつのに、ひとりでは、
かいものにも　いけません。
「おじいちゃんを、びっくりさせて、それを
たんじょうびの　プレゼントに　すれば？」
ケンは、おじいちゃんが　だいすき。
よろこんでいる　おじいちゃんが　めに

うかぶと、つい、いってしまいました。

「いいよ。ひとりで　いく」

やきたて
パン
本日休業

そして、きょう。
いよいよ、しゅっぱつです。
ケンの　いえは、しょうてんがいの
ケーキやさん。
にちようびは、おやすみです。
おすしやさんも、やおやさんも、
パンやさんも、みんな、おやすみです。

しずかな　しょうてんがいを　あるいて
いるのは、ケンひとりです。
ちょっと、どきどきしました。
いつもと　ちがう　ばしょみたいです。
うしろで、あしおとが　しました。
ふりむくと、がっしりした　からだの、
おおきな　おとこの　ひとが、あるいて
いました。

なつなのに、ながそでの　ジャンパー。
おおきな　マスクをして、つばのある
ぼうしを　かぶっているので、かおは
みえません。
ひらたい　ダンボールの
はこを　かかえています。
にもつを　はいたつする　ひとのようです。

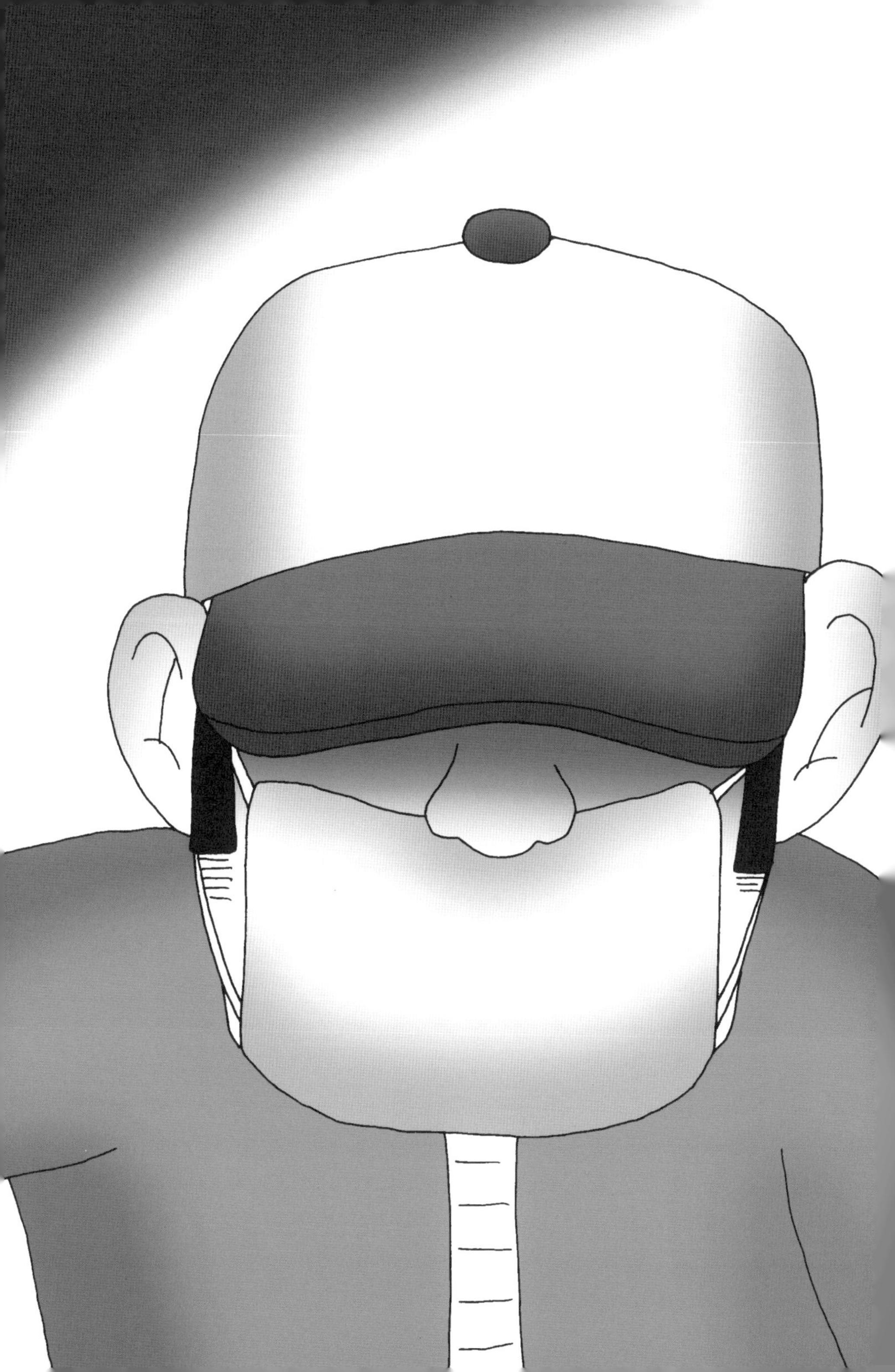

ケンが　たちどまると、そのひとも　たちどまりました。したを　むいて、けいたいを　いじっています。ケンが　あるきだすと、そのひとも、あるきだしました。

あとを　つけられてる？

ケンは、こわくなって、はやあしに　なりました。

えきに　つくと、いそいで
かいさつぐちを　とおりました。
ふりかえると、おとこの　ひとは、
かいさつの　むこうで、でんわを
していました。えきには　はいってこない
ようです。
　よかった。つけられてるんじゃなかった。

ひとりで　でんしゃに　のるなんて、
もちろん　はじめてです。ケンは、
おとうさんが　かいてくれた　いきさきを、
二かい、たしかめて、ホームに
ならびました。
ケンの　そばに、コロッと　ふとった、
ちいさな　おじいさんが　たっていました。
きものを　きています。まるいかおの　した

はんぶんは、ひげぼうぼう。それに、
ぼうしを　ふかく　かぶっているので、
かおは　みえません。

でんしゃが　きました。ケンが　のると、
おじいさんも、のりました。
ケンが、おじいさんを　みると、
おじいさんも、ケンを　みました。
そして、あわてて　めを　そらしました。
たしかに、ケンのことを　みています。

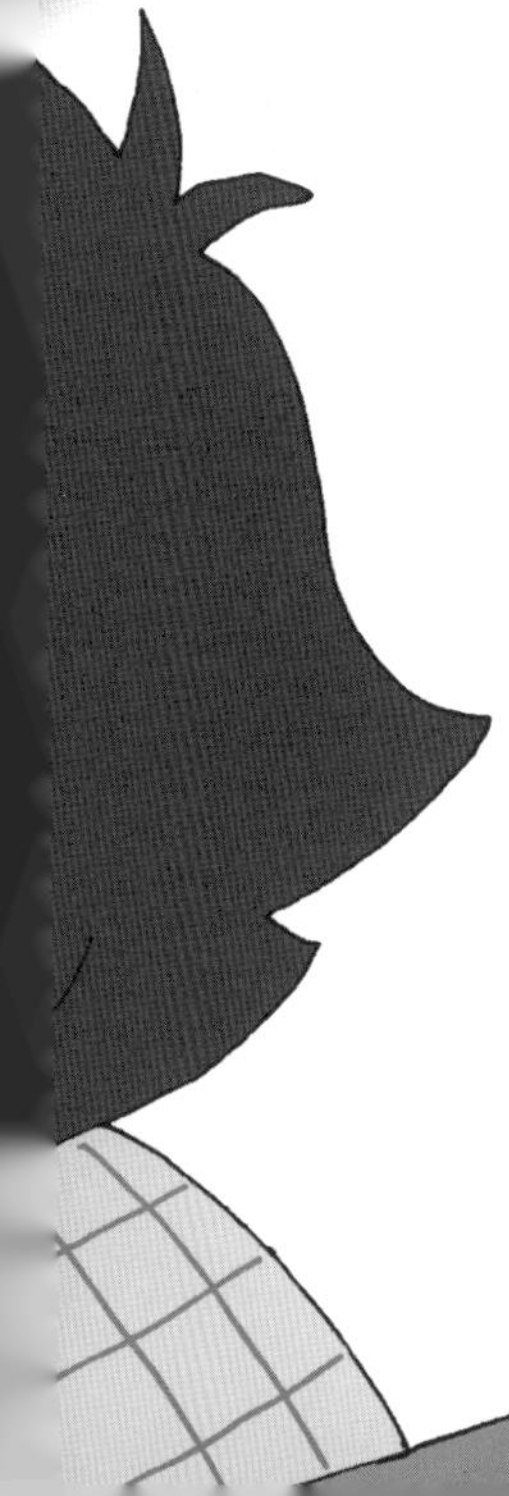

でんしゃが、つぎの　えきに　とまった
とき、ケンは、となりの　しゃりょうに
うつりました。すると、おじいさんも、
ついてきて、ケンの　そばの　てすりに、
すっと　つかまりました。
こんどこそ、あやしいかも……。
ケンは、がっこうで　ならったことを
おもいだしました。

あぶないめに　あいそうに　なったら——。
いかない。
のらない。
おおきな　こえを　だす。
すぐ　にげる
しらせる。
ぜんぶあわせて、「いかのおすし」です。

いかのおすし

でも、でんしゃの　なかでは、どうすれば
いいのか、わかりません。
おりるえきに　つきました。でんしゃが
とまり、ドアが　あきます。ケンは、
かけっこみたいに　とびだしました。
おじいさんも　おりてきて、はやあしで
ついてきます。
ケンは、かいだんを　かけあがりました。

そして、かいさつぐちを　でると、
えきまえの　ひろばを　つっぱしりました。

うしろを　みると、おじいさんは、
かいさつを　でたところで、でんわを
していました。おいかけては　きません。
なんだ。あのひとも、なんでもなかったのか。

ケンは、ほっとして、バスていに
いそぎました。ここからは、バスに
のります。ケンは、おとうさんの　メモを
たしかめて、バスていに　ならびました。

　すると、ケンのうしろに、おんなの
ひとが　ならびました。ちょっと　ふとった、
おばさんです。くるくるした　ちゃいろの
かみのけ。おおきな　サングラス。
かおの　したはんぶんは、スカーフで
かくれています。
　バスが　くると、そのひとも　のってきて、
ケンの　すぐそばに　すわりました。そして、

たしかに、ちらっと　ケンを　みました。
ケンは、また　しんぱいに　なりました。
あやしい　ひとが、これで　三にんめです。

まえの　ふたりも、やっぱり　あやしい
ひとだったのかな。
ぼく、ねらわれてるのかな。
おりる　バスていが、ちかづくと、ケンは、
ちからいっぱい　ボタンを　おしました。
バスが　とまり、ドアが　あきました。
ケンは、すごい　いきおいで　とびだして
はしりました。

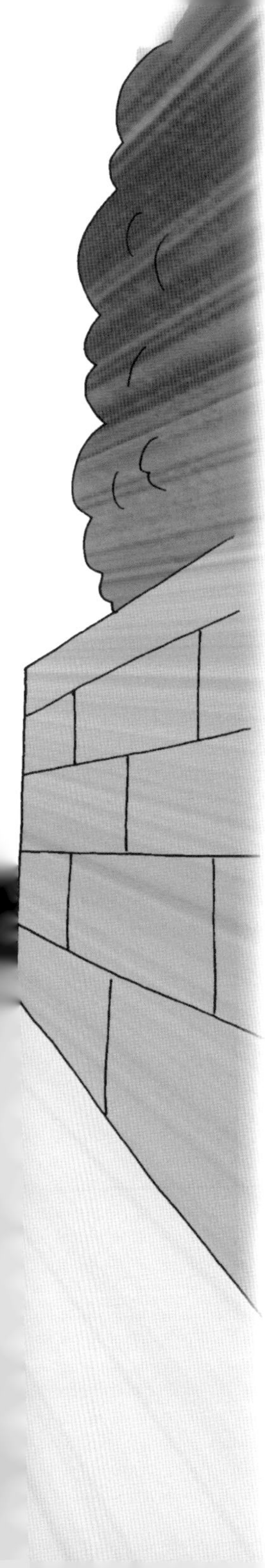

おもったとおり、あの　おばさんも
おりて、こっちへ　はしってきます。
やっぱり、ケンを　ねらっているのです。
でも、フーフー　いっていて、はやくは
はしれないようです。これなら
にげられます。

ケンは、いきおいよく　かどを
まがりました。おじいちゃんの　うちへの
みちは、ちゃんと　おぼえています。すると、
そのとき。
タッタッタッ……。
うしろで、あしおとが　しました。
どこから　でてきたのか、べつの　ひとが
はしってきます。

こんどは、がくせいさんです。せいふくを
きて、かたに　かばんを　かけています。
かおは　マフラーで　かくれています。
なつなのに、マフラーなんて、おかしいよ。
やっぱり、ぼく、ねらわれてる。
どうしよう。
がくせいさんは、あしが　はやくて、
どんどん　ケンに　おいついてきました。

ケンは、とっさに　かどを　まがりました。ほそいみちです。おじいちゃんの　うちへ　いく　みちではありません。

かならず、きまったみちを　とおりなさい　と　いわれました。でも、まっすぐ　はしっていたら、おいつかれてしまいます。

ほそいみちに　はいるとすぐ、ケンは、また　まがりました。つぎのかどで、また

かどに　くるたびに
まがりました。
まがりました。

これで、あいつは、ケンが　どこへ
いったか、もう　わからないはずです。でも、
ケンのほうも、じぶんが　どこにいるのか、
わからなくなってしまいました。そして、
くたくたに　つかれて、たちどまりました。
ここ、どこだろう……。
ほそいみちの、みぎがわは、
コンクリートの　たかい　へい。ひだりは、

もっとたかい、いしがきです。なにも
みえません。

おじいちゃんち、どっちかな……。
そうおもいながら、あるきだしたときです。
「ねえ、ぼく。ちょっと、ききたいんだけど」
うしろから　こえを　かけられました。
びくっとして　ふりむくと、せびろを
きた　おじさんが　いました。うしろに、
くるまが　とまっています。このひとの
くるまの　ようです。ずいぶん　しずかに

はしってきたんだなと、ケンは
おもいました。

おじさんは、こまったかおで　いいました。

「おじさん、みちに　まよっちゃってね。えきは　どっちのほうか、おしえてくれる？」

やさしそうな　こえです。かおも　かくしていません。このひとは、あやしいひとでは　なさそうです。

でも、えきが　どっちなのか、ケンにも　わかりませんでした。

「あ、あのー、わかんないです……」
「じゃあ、バスが　はしってる　どうろは
わかる？　そうだ。くるまに　ちずが
あるんだ。それを　みながら　おしえてよ」

おじさんは、そういいながら、ケンの
てを　ひっぱりました。
ケンは、きゅうに　こわくなって、あしを
ふんばりました。
「わ、わかりません。ぼく、しりません」
「しってるでしょ。バスに
のってきたんだろ？　くびに、パスを
かけてるじゃないか」

おじさんの　てに、ますます　ちからが
はいりました。ケンは、ずるずると
ひっぱられます。
おじさんは、かたてで　ケンの
りょうてを　つかみました。かたてなのに、
すごい　ちからです。そして、
もうかたほうの　てで、くるまの　ドアを
あけました。

「さあ、のりなよ。ほら」
このひと、わるいひとだ。
ケンは、はっきりと
そうおもいました。
いままでに　みた　あやしいひとたちも、
きっと、なかまだったのです。みんなで
ケンを　ここに　こさせたのです。

ケンは、つかまれた　てを
めちゃくちゃに　ふりまわしました。
おじさんの　てが、ゴンッと　ドアに
あたりました。
おじさんは、ケンを　にらみつけました。

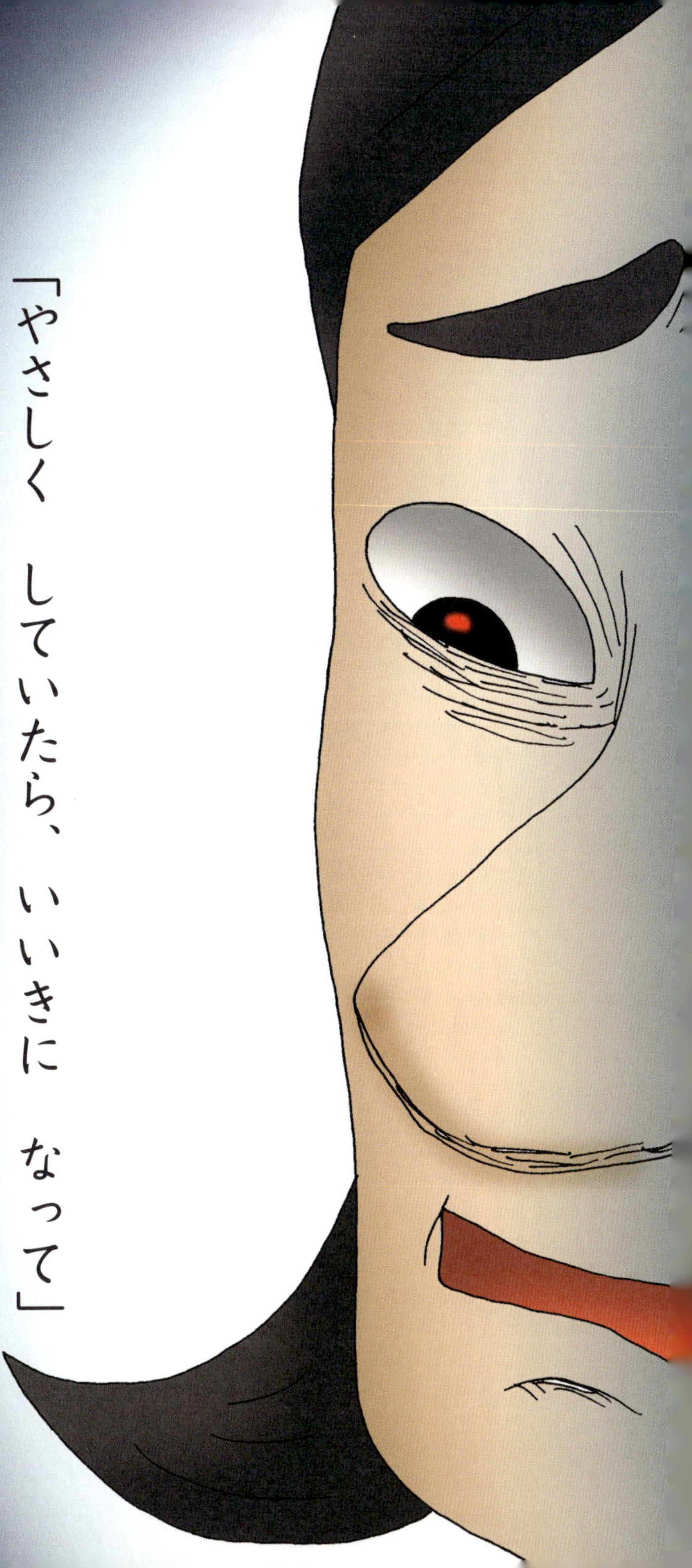

「やさしく　していたら、　いいきに　なって」
べつの　ひとのような、　ひくい　こえです。

「おじさんね、ほんとは、こういう
ひとなんだ」
おじさんは、とつぜん、ケンを　がしっと
かかえて、もちあげました。そして、
そのまま　くるまに　おしこもうとしました。
ケンは、あまりに　おどろいて、こえも
でません。とっさに、せいいっぱいの
ちからで、ドアの　ふちを　つかみました。

「いかのおすし」を、ちらっとおもいだしました。でも、のどがからからで、おおごえなんて、とてもだせません。ぼうはんブザーも、かかえられていては、おせません。

「ほら、いいかげんに　のるんだよ」

ドアを　つかんだ　てが、しびれて

きました。めに　なみだが　うかんで、

なにもかも、ゆらりと　ぼやけました。

おおごえだ。おおごえを　だすしかない。

あたまの　なかで　そうさけんで、ケンは、

おもいきり、いきを　すいこみました。

そして、とうとう、かたてが

まどわくから　はなれてしまったときです。

「わあああああああああーっ！」

じぶんでも　びっくりするような

おおごえが　でました。

でも、おじさんは、あわてませんでした。

「ここはね、まわりが　みんな、こうじょう

なんだよ。きょうは　にちようびで、

おやすみだ。だれも　いないよ。こういう

おじさんはね、そういうこと、ちゃんと

しらべてあるの」

ところが、そのときです。

「こらー、そのこに　なにを　するかーっ」

だれかが、バタバタと　はしってきました。

「あっ！」

ダンボールばこを　もった、はいたつの
ひと。

きものを　きた　おじいさん。

かばんを　かたに　かけた、がくせいさん。

「いけねえっ」

おじさんは、ケンを　はなして、くるまに
のろうとしました。でも　そのまえに、
はしってきた　三にんが、いっせいに、
おじさんめがけて　とびかかりました。

そして、さらに。

「おまわりさん、こっち　こっち」

スカーフをした、くるくるの　かみのけの

おばさんが、おまわりさんを　つれて、
はしってきました。

おじさんは、にげようと　しましたが、三にんに　がっちり　つかまえられて　いました。

「ぼうや、だいじょうぶ？　けがは　ない？」

おまわりさんが、いいました。ケンは、こくんと　うなずくのが　せいいっぱいでした。

おまわりさんが、おじさんに　いいます。

「このこを　むりやり　くるまに　のせよう
としていたね。こうばんまで、きなさい」
「い、いいえ、みちを　きいていただけで……」
「はなしは、こうばんで　きく。いやあ、
あぶない　ところだった。みなさんの
おかげで、たすかりました。ありがとう
ございました」
「いやいや、なんの　なんの」

はいたつの　ひとが　いいます。ケンは、
あれっと　おもいました。しっている
こえです。

はいたつの　ひとが、マスクと　ぼうしを
とりました。
おじいさんは、ひげを　べりっと　はがし
ました。
おばさんは、スカーフを、がくせいさんは、
マフラーを　とりました。
「あーっ」
ケンは、ぽっかりと　くちを　あけました。

はいたつの　ひとは、おすしやさん。
おじいさんは、やおやさん。
おばさんは、その　おくさん。
がくせいさんは、パンやさん。
みんな、ケンのいえがある
しょうてんがいの　ひとたちでした。
「おどろいたかい？」
やおやさんが　いいました。

「へんそうして、あとを　つけてきたのさ。
ケンちゃんの　おとうさんがよ、ひとりで
いかせたいけど、しんぱいだって
いうからさ、まかしとけって、
ひきうけたわけよ」

すると、おくさんが　いいます。
「でも、こんな　へんな　おじいさんの
かっこうじゃ、かえって、めだつわよねえ」
「なんだと。じぶんだって、なんだ、その
かつら。かそうぎょうれつか？
パンやさんを　みろ。まるで　ほんものの
がくせいさんだ」
「いやあ。おすしやさんだって。

ほんとに　たくはいの　ひとみたいですよ」
すると、おすしやさんが　いいました。
「なにしろ、いちばん　えらかったのは、
ケンちゃんだ。くるまに　のらないで、
ちゃんと、おおごえを　だしたからね。
あの　こえで、あたしら、ケンちゃんを
みつけられたんだよ」

そのよるは、おじいちゃんのうちで、だいパーティーでした。
やおやの　おくさんの　ふくろから、オレンジや　ぶどうが　でてきました。
パンやさんの　かばんからは、ドーナツや、メロンパン。
そして、おすしやさんが　もっていたダンボールばこの　なかみは、なんと、

おすしでした。いかの　おすしも、
ありました。はしったので、かたほうに、
よっていましたけど。
おじいちゃんは、おもったとおり、ケンを
めちゃくちゃに　なでて、ほめてくれました。

おとうさんと、おかあさんは、ちょっと
あとから、やってきました。おとうさんは、
ケーキやさん。もちろん、とくせいの
バースデーケーキを　つくっていたのです。
それには、こう　かいてありました。
おじいちゃん　たんじょうび　おめでとう。
ケン　ひとりたび　おめでとう。
おじいちゃんが、そっと　いいました。

「こんな　すてきな　ごきんじょさんが
いて、なによりの　おめでとうだ。
なあ、ケン」

作 **三枝理恵**（さえぐさ　りえ）

東京都出身。日本児童教育専門学校卒業。「わらうおばけザクロ」（岩崎書店）、「世界一しあわせな鼻くそ」（くもん出版）に作品収録。ハッピークロウ同人。

絵 **鈴木アツコ**（すずき　あつこ）

美術系専門学校を卒業後、創作を始める。イラストに限らずおはなしも書くなどして、幼児系出版物を中心に幅広く活躍中。作品に『なかまことばえじてん』（学研）『1年生の漢字80』（講談社）『こどものひは　おおさわぎ！』（教育画劇）などがある。

編集 **国松俊英**（くにまつ　としひで）

児童文学作家。滋賀県生まれ。同志社大学商学部卒業。著書に、「伊能忠敬」「新島八重」（いずれもフォア文庫）「鳥のくちばし図鑑」（岩崎書店）などがある。

はじめてよむこわ〜い話9

ねらわれたにちようび

2015年 3 月10日　第1刷発行
2022年10月15日　第5刷発行

著者　三枝理恵
画家　鈴木アツコ
装丁　山田 武
発行者　小松崎敬子
発行所　株式会社 岩崎書店
〒112-0005東京都文京区水道1-9-2
TEL 03-3812-9131（営業）　03-3813-5526（編集）
00170-5-96822（振替）
印刷所　三美印刷株式会社
製本所　株式会社若林製本工場

NDC913　ISBN978-4-265-04789-5

Published by IWASAKI publishing Co.,Ltd. Printed in Japan
ご意見、ご感想をお寄せ下さい。　e-mail info@iwasakishoten.co.jp
岩崎書店HP: https://www.iwasakishoten.co.jp

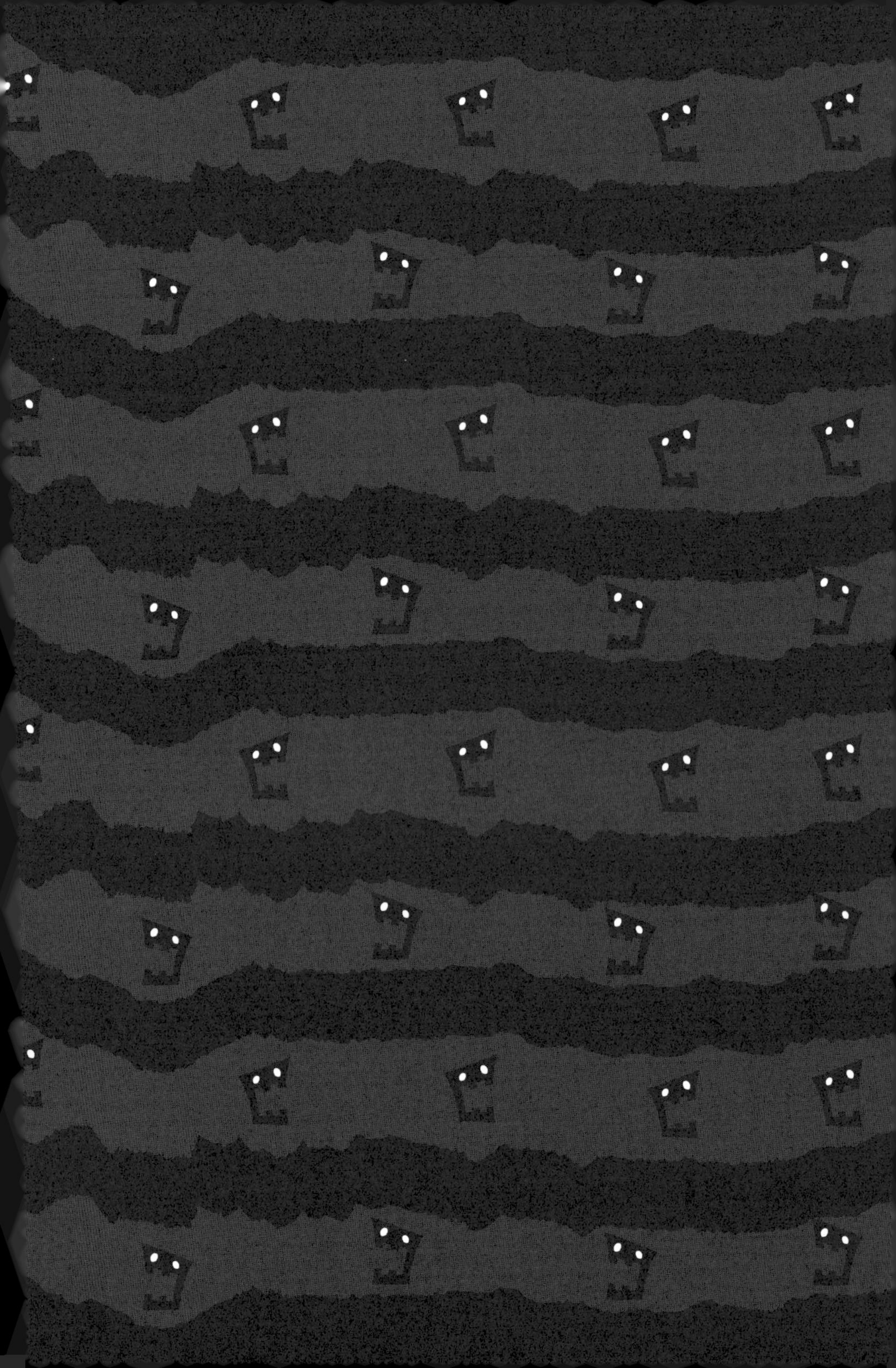